Bruno Heitz

LE COURS DE RÉCRÉ

circonflexe

© Circonflexe, 1989
ISBN 2-87833-005-6
Imprimé en Slovénie
Dépôt légal: mai 1992
Loi n° 49-956 du 16 juillet 1949
sur les publications destinées à la jeunesse

Thomas a du pot! Il vit juste avec sa mère qui travaille tout le temps.
Il va à l'école tout seul,

il a sa clef, et le soir la maison est à lui !

Mais nous, c'est nos parents qui nous emmènent à l'école.
On est voisins, Julie et moi.
Le matin, c'est le père de Julie

qui nous prend dans sa voiture.
C'est pas mal: il roule vite,
il gueule après les autres bagnoles,
mais dans la sienne, ça pue la
pipe froide.

Le soir, c'est ma mère qui vient
nous chercher.
Elle tient absolument à ce qu'on
lui raconte notre journée.

On peut pas lui répondre... ou
alors ça serait trop compliqué.

Comment expliquer à une mère,
ce qui se passe dans une cour de récr
prendre des leçons... **UN COURS D**

même super-sympa,
  Il faudrait qu'elle vienne
RÉCRÉ !

Les garçons aiment les filles.
Les filles aiment les garçons, c'est bien
connu, on peut le lire sur les murs de tous
les cabinets!
Mais on ne joue pas ensemble.

Au ballon, pif! paf!
pouf! Pas de filles!

... Ça ne joue qu'à
la balle, les filles!

Les garçons n'ont pas intérêt à se mêler d'une partie d'élastique :

Ouh!
Le soulève. jupe !

Mais s'ils veulent, les garçons peuvent sauter à la corde.
A condition d'apporter leur corde !

Mais on n'est pas des sauvages : on se parl
Surtout pour les échanges du matin,
avant la classe.

Les instits parlent entre eux, aussi;
celui du CM2, le barbu, il craque pour
notre maîtresse, c'est sûr!

Et puis d'un coup, ils ont l'air vachement
pressés. Ils hurlent. Il faut se mettre
en rang.

Le barbu n'a pas tort: notre maîtresse est plutôt pas mal.
Sauf qu'elle nous prend pour des idiots: elle dit qu'elle a des yeux dans le dos pour nous surveiller quand elle est au tableau!

... D'abord, elle nous verrait quand on se passe des mots pour demander l'heure à Thomas...

... ou quand on écrit des cochonneries sur Marie qui ne passe jamais les billets!

Vers neuf heures un quart, Albert est arrivé. Il habite juste à côté, c'est pour ça qu'il est souvent en retard : il met son réveil à sonner dix minutes avant l'heure de la classe.
Il a toujours de super.excuses.
« Mon réveil a pas sonné. »
On l'applaudit.

Albert ne mange pas à la cantoche.
En rentrant chez lui, il passe devant
le tabac, et il achète des bonbecs avec
les sous qu'on lui donne.

C'est un métier dangereux : les grands
l'attaquent pour lui piquer les
chewing-gums et le fric !

A la récré on a eu le ballon !
Mais les CM1 s'en sont mêlés et
très vite, il y a eu quatre gardiens
de but. Un peu plus, on se battait.
Ça fait rigoler les filles quand
on se bat...

Alors on a trouvé un meilleur jeu : **TRAP TRAP BISOU**.
Tout le monde y joue, à ce jeu, les filles comme les garçons, même ceux qui ne l'ont pas voulu !

Quand ça sonne, on a tous envie d'aller aux cabinets avant de rentrer. Les filles y vont par deux:

Une qui fait pipi, et l'autre qui tient la porte fermée.
Nous, les garçons, on a de la veine, on fait pipi debout, et pas toujours dans les cabinets!

En classe, j'ai sorti de ma trousse
une petite voiture bien sage.
Albert a compris tout de suite.
Avec son avion qui se transforme en
gorille spatial, il a attaqué ma porsche
robot...

Mais Albert a gueulé trop fort pour
faire le bruit du laser.
La maîtresse nous a piqué nos
transformers. Bravo Albert!
T'aurais mieux fait de rester au lit!

À onze heures et demie, on se retrouve entre nous, ceux de la cantoche
À la cantoche, il y a des trucs qu'on ne mange jamais à la maison :
du céleri rémoulade, des betteraves, et les patates s'appellent « Pommes vapeur. »
C'est écrit sur la porte.

Les maîtres et les maîtresses mangent aussi. La même chose que nous, mais ça a l'air meilleur.
Ils ont de la moutarde et certains boivent du vin.
Ça doit être ça qui les rend nerveux pendant les repas...

Il ne faut pas exagérer quand-même : le pain est bon, et des fois, au dessert, il y a des esquimaux. C'est dingue ce qu'on peut s'engueuler pour choisir les parfums !

La récré la plus longue, c'est celle d'après la cantoche. On n'est pas beaucoup dans la cour, et on ne reste pas toujours avec ceux de la même classe.

Avec Julie on en profite pour aller voir les grands qui ont des briquets et des pétards. Ils nous laissent peinards parce qu'ils savent qu'on n'est pas des cafards.
Le pire des grands, c'est **MOUILLARD**.

Mouillard pourrait être en 6ème ou en 5ème s'il avait voulu. Mais ce qui l'intéresse, c'est les expériences.

Il ouvre le ventre des lézards, il a un Opinel. Les pétards, il les cache dans son slip.

Ses exploits nous font rigoler, mais on fait gaffe : quand il n'a pas de lézards, il prend les petits pour ses expériences ; il ne leur ouvre pas le ventre, il leur enfonce les fesses dans une poubelle sur une table.

S'ils bougent, ils tombent!

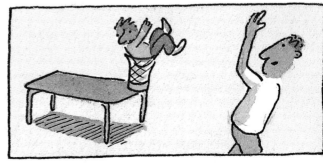

Mouillard se met du gel.
L'autre jour, il est venu à l'école avec
une bague.
Il a une fiancée qui est au lycée.
Elle doit être riche, elle s'achète
des nœuds fluos et des smiles tant
qu'elle veut : elle en change tous les
jours.
Mouillard nous a dit comment on fait
des enfants. On le savait déjà.
Il dit qu'avec sa fiancée
ils ne veulent pas de
bébé tout de suite.

L'après-midi on allait s'endormir en classe quand splaaaf! une bulle de chewing-gum a pété. La maîtresse a voulu savoir qui avait fait ça...

On a tous avalé nos chewing-gums et tous ensemble on a crié: « C'est pas moi! » Elle nous a donné deux exercices pour demain. On s'en fout, on sera sûrement tous à l'hôpital pour l'appendicite!

Il y en a quand même un qui n'a pas avalé son chewing.gum, puisque la grande Stéphanie s'est retrouvée avec un Malalabar collé sur la queue de cheval. D'après la maîtresse, il va falloir lui couper les cheveux...
Elle va être bien, Stéphanie, avec la boule à zéro!

Stéphanie s'est vengée sur Albert en lui faisant un croche-patte. Ça saigne! Albert est allé chialer devant le bureau où les instits se planquent pour boire le café.

Il est revenu avec un super-pansement. Il paraît que là-dedans, les maîtres disent des gros mots et se servent de la même cuillère pour tourner leur café, les dégoûtants!

Le meilleur moment quand même, c'est pas la récré : c'est la SORTIE !
On peut faire le bruit qu'on veut, la maîtresse ne dit rien !

On a toujours plein de boulot pour le lendemain, les cartables pèsent une tonne.
Il paraît qu'au lycée, certains portent des cartables aussi lourds qu'eux...

T'imagines les nuits qu'ils passent à bosser !

Ma mère est mal garée.
Le flic nous fait traverser d'une main,
et de l'autre, il l'engueule.

Vous me voyez expliquer une journée
pareille à ma mère? Elle croirait que
j'exagère!

Mon père a râlé, il trouve que la maîtresse nous donne trop de boulot.
Il m'a aidé à faire les exercices, Je n'ai pas dit que c'était une punition.
Il m'a conseillé de faire mes devoirs avec Julie, et là, il a fait un clin d'œil à ma mère.
Mais il se trompe s'il croit que je suis amoureux de Julie.
Celle que j'aime, c'est la maîtresse du CM1, et je l'aurai l'an prochain!